Seele im Sturm

Mona Reich

Seele im Sturm

Gedichte

Bibliografische Information der Deutschen Bibliothek:
Die Deutsche Bibliothek verzeichnet diese Publikation in der Deutschen Nationalbibliografie; detaillierte bibliografische Daten sind im Internet über http://dnb.ddb.de abrufbar.

© 2009 Mona Reich
Titelfoto: David Niblack
Ornamente: © Keo - Fotolia.com
Lektorat: Tamara Pirschalawa
Umschlaggestaltung, Satz, Layout: Tamara Pirschalawa
Verlag: tredition GmbH
Printed in Germany
ISBN: 978-3-86850-447-7

Dieses Buch widme ich meinen Eltern
und meiner Tochter Laura.

INHALTSVERZEICHNIS

Vorwort

Worte erklingen von mir zu dir, mal liebevoll, mal glücklich, mal hoffnungsvoll, mal sehnsüchtig und mal voller Schmerz. Das Gefühl entspringt der Seele, sie ist das, was uns Menschen ausmacht. Die Erfahrungen, die wir in unserem Leben machen, liegen oft wie ein dunkler Schatten auf ihr. Mühsam ist der Weg, der Seele wieder Licht zu verleihen.

Die Liebe ist auch ein Band der Freundschaft, das weise und voller Demut gehalten werden will. Einen Menschen an seiner Seite zu wissen, ist immer eine Bereicherung, aber niemals ein Garant für Glück.

Ich wünsche euch Erfüllung im Leben, aus tiefstem Herzen, und bedanke mich, dass ihr mein Buch in den Händen haltet. Die Reise beginnt. Taucht ein und lasst euch von den Worten tragen.

Herzlichst
Mona Reich

Erzähl mir

Erzähl mir von deinen Träumen,
lass uns keine Zeit versäumen.
Erzähl mir etwas von deinem Leben,
was konntest du schon alles bewegen?

Erzähl mir von deiner Sehnsucht,
oder ist es Angst, die dich antreibt zur Flucht?
Erzähl mir was über Liebe und vom großen Glück,
manchmal hält sie ewig, manchmal kehrt sie nie zurück.

Erzähl mir von deiner Leidenschaft,
was gibt dir Halt, was gibt dir Kraft?
Erzähl mir, was dein Herz so bewegt,
was sind deine Wünsche, die du noch hegst?

Mit geschlossenen Augen seh ich dich vor mir,
Worte von mir, geschickt auf die Reise zu dir.
Lass mich wissen, was ich dich nie fragte,
und lass mich erzählen, was ich dir nie sagte!

Leben

Lebenstraum,
Schaffensraum,
kein Weg zurück.

Gefallen und wieder aufgestanden,
geliebt, gehasst,
neuen Mut gefasst.

Rückblick,
unvergessliche Momente.
Zeit bleibt stehen.
Genieß den Augenblick,
denn er kehrt nie wieder zurück.

Aufstehen, nach vorne sehen,
Schritt für Schritt in die Zukunft gehen.
Offener Blick, ein sanftes Lachen,
befreit, wieder verrückte Dinge machen.

Mut gefasst,
die Vergangenheit verblasst,
Neubeginn,
alles hat seinen Sinn!

Eine kleine Seele

Aus Liebe bist du Seele entstanden,
in dir unsere Hoffnungen und Wünsche einen Platz fanden.
In diese Welt hineingeboren,
haben wir uns in deinen klaren, reinen Augen verloren.

All unsere Liebe haben wir dir gegeben,
viel zu kurz die Zeit, wo du uns erfülltest mit deinem Leben.
Den Kampf verloren, bist von uns gegangen,
ein Ende nun hat all das Bangen.

Geben dich zurück in des Himmels schützende Hände,
es ist niemals zu Ende.
Ich weiß, wir werden einander wiedersehen,
drum lassen wir dich in Liebe gehen.

Auch wenn das Herz uns zerreißt in tausend Teile,
wir werden dich vermissen eine unendliche Weile.
Das Band, was uns auf ewig verbindet,
ist die Liebe, die du in uns wiederfindest!

Gewidmet A. + U. und ihrem kleinen Stern

Ein warmer Sonnentag im Mai

Du fühlst dich frei, nimmst noch eine Tablette,
kannst fliegen, denkst du,
und deine langen Haare wehen im Wind,
die Erinnerung wie Schatten auf deiner Seele sind.
Du glaubst, du kannst deinen Körper besiegen,
merkst gar nicht, wie du dich verstrickst in Lügen.

So nimmst du noch eine Tablette und fühlst dich frei,
es ist ein warmer Sonnentag im Mai.
Du rennst durch die Straßen,
ein Meer aus Regenbogenfarben,
keiner soll sehen deiner Seele Narben.
Dann legst du dich nieder ins warme Gras,
von dir geht eine große Last.

Du fühlst dich frei, niemand wollte es sehen,
kopfschüttelnd bleiben die Leute vor dir stehen.
Helfen wollte keiner dir,
dann bist du gegangen aus dem Jetzt und Hier!
Es ist ein warmer Sonnentag im Mai:
Jetzt bist du frei!

Mein kleiner Engel

Ein kleiner Engel, so wie du,
erobert die Welt im Nu.
Dein Lächeln verzaubert die, die dich seh'n,
reichst ihnen deine Hand, damit sie mit dir geh'n.
In deinem Wesen ist ein Zauber zu spür'n.

Dein Herz voll Liebe schenkst du denen, die dich berühr'n.
Du siehst die Welt aus deinen Augen,
versuchst alle Dinge in dich aufzusaugen.
Dir stehen noch so viele Wege offen,
ich kann für dein Leben nur das Beste hoffen.

Für meine Laura

Wie ein Vogel im Wind

Ich möchte fliegen wie ein Vogel im Wind,
dorthin, wo Träume noch Wirklichkeit sind.

Ich bin rastlos, mal auf, mal ab,
Stürmen zum Trotz falle ich nicht herab.

Ich fliege höher und höher, dem Himmel so nah,
ich sehne mich, ich wünschte, ich wäre da.

Kann nicht verstehen, wie ist es gekommen?
Wie in einer Sanduhr ist all die Zeit zerronnen.

Ich möchte fliegen, so wie ein Vogel im Wind,
noch einmal so unbeschwert , wie ein kleines Kind.

Verzeih mir

Der Wind wehte sachte durch dein Haar,
verträumter Blick, als ich dich vor mir sah.
Dein Leben zog an meinem vorbei,
ich hörte dich sagen: „Ich bin noch nicht frei!
Kann nicht gehen mit dir zusammen –
fühl deinen Schmerz – ein Herz in Flammen.
Du musst verstehen, was ich alles verlier,
ich möcht so gern gehen den Weg zu dir."
Das war alles, was du sagtest zu mir.

Verletzt deine Seele ein Leben lang,
durchzogen von melancholischem Hang,
konntest nicht mehr lachen, dein Herz befrei'n
einfach nur unbeschwert glücklich sein.
Leben, das ging schon lange nicht mehr,
war doch dein Herz so unendlich schwer.

Eines Tages dann bist du gegangen,
leise die Fäden deines Lebens zersprangen.
Ich fühl mich verloren und sage dir:
wie sehr du mir fehlst im Jetzt und Hier.
Einen Zettel auf dem Tisch ich fand –
ein kurzer Satz von dir darauf stand:
„Verzeih mir, wenn ich jetzt geh –
in einem neuen Leben ich dich ja wiederseh."

Damals

Eine leichte Sommerbrise weht durch dein Haar,
Erinnerungen an früher werden wahr,
als ich dich das erste Mal sah.

Sonnengebräunt, mit einem Lächeln auf dem Gesicht,
standest du vor mir und ich verliebte mich in dich.
Die Luft war trocken und heiß,
die Augen hielten wir geschlossen,
haben dabei unsere Berührungen genossen.

Arm in Arm lagen wir so da.
Ja, es war ein Gefühl, als ob ich dich das erste Mal sah.
deine Augen sind wie Wasser so klar.
Du bist kein Traum, du bist wahr!

True Love

True love will never die,
sometimes I forget your lies.
You are a dreamer, it's not real.
What you want is a perfect life,
but it's not what you feel.

When you say you love me,
I ask you, is it for real?
Perfect life is not what it seems,
behind the sky, true love never dies,
I will forget your lies.
I am a woman, not your wife,
what a crazy life.
You must decide in favor of me or her.

I close my eyes, I remember,
what a happy day,
you came to me and said: „You will never go away!"
The right time for a wonderful life,
true love will never die.

One day my heart is broken,
I cannot understand that your life is to end.
The angels came and flew with your soul to the sky.
I miss you every day, but the time is coming to go a new way.

In my dreams, I say good bye,
one day I see you in our sky!
You have always a place in my heart,
but it's time for me for a new start!

I see in the sky
thousand shining stars …
Thank you for your love!

True Love – Wahre Liebe

Wahre Liebe wird niemals sterben,
deine Lügen vergessen, es wird schon werden.
Du bist ein Träumer, nichts ist real,
dein Leben ist nicht, was du fühlst,
aber du hast die Wahl.

Wenn du sagst, du liebst mich,
frage ich dich: „Ist es wirklich wahr?"
Ist es das Leben, was ich von dir sah?

Ich sage dir:
„Im Himmel wird wahre Liebe niemals sterben,
deine Lügen vergessen, es wird schon werden.
Ich bin eine Frau, nicht die deine,
welch verrücktes Leben, wenn ich um dich weine.
Entscheide dich für sie oder mich."

Ich schließe meine Augen und erinnere mich,
was für ein schöner Tag es war – ich denke an dich.
Als du zu mir kamst und sagtest:
„Ich bleibe hier, teile dieses wunderbare Leben mit dir.
Denn wahre Liebe wird niemals sterben!"

Ich hab dich vermisst jeden Tag,
eine schwere Zeit vor mir lag.
Als dein Leben plötzlich zu Ende,
nahmen die Engel deine Seele in ihre Hände,
gebrochen mein Herz, voll Trauer und Schmerz.

Die Zeit wird kommen, einen neuen Weg zu gehen.
In meinen Träumen sage ich dir: „Auf Wiedersehen!"
Der Himmel wird uns auf ewig segnen,
hoffe, ich werde dir noch mal begegnen.

Im Himmel – tausend leuchtende Sterne,
du bist einer von ihnen in der Ferne.
Danke für deine Liebe!

Vergangenheit und Zukunft

Du fragtest mich nach meiner Vergangenheit,
doch du hattest Mühe, mit der Frage umzugehen.

Du fragtest mich nach unserer Zukunft,
doch du hattest Mühe, mit der Antwort umzugehen.

Wo bleibt die Gegenwart?

Lass sie uns einfach ohne Fragen leben
und ohne Antworten genießen.

Alles, was ich will

Alles, was ich will, bist du,
schließ deine Augen, hör auf dein Herz,
lass uns vergessen all den Schmerz.

Nachts in meinen Träumen sehe ich dich vor mir,
unsere Seelen miteinander verbunden im Jetzt und Hier.
Ich fühle deinen Schmerz –
habe Angst, das zerbricht mein Herz.

Und so fühlst du auch meinen –
an Tagen wie diesen hörst du mich weinen.
Wir sind uns so nah und doch so fern,
ein Gefühl, als würden wir zusammengehör'n.

Alles, was ich will, bist du,
schließ deine Augen, hör auf dein Herz
lass uns vergessen all den Schmerz.

Ich kann dir nicht versprechen, was ich nicht weiß,
das ist das Leben, alles hat seinen Preis.
Auch an dunklen Tagen lass ich dich nie allein,
ich werde immer bei dir sein.

So reiche ich dir wieder meine Hand,
uns hat zusammengeführt das Schicksalsband.
Jede Minute ist lang wie ein Tag, ohne dich,
so wie du fühlst, so fühle auch ich.

Wir haben einander gefunden
und sind auf ewig verbunden.

Alles, was ich will, bist du,
schließ deine Augen, hör auf dein Herz
lass uns vergessen all den Schmerz.

Ein letztes Mal

Die Sonne fällt auf dein Gesicht,
du bist da -
und führst mich in eine Welt voll Zärtlichkeit.
Bei dir finde ich Geborgenheit,
will einfach deine Nähe spüren,
sanft mit meiner Hand deine Haut berühren.

Deine Stimme haucht mir wieder Leben ein,
bei dir darf ich ich selbst sein.
Mit deinem Lächeln kannst du Berge versetzen,
dich zu kennen ist ein Geschenk, ich weiß es zu schätzen.

Diese Sehnsucht im Herzen und das Kribbeln im Bauch,
sag mir, spürst du das auch?
Nun sind wir angekommen,
haben viele Jahre zusammen alle Berge erklommen.

Dann sagst du plötzlich eines Nachts:
„Ich werde gehen,
kann nicht mehr zu meinem Wort stehen."

Vorbei ist die Zeit, die uns verband,
alles Gefühl im Nichts verschwand.

Der Mond scheint hell in deinem Gesicht,
als du diese Worte zu mir sprichst.
Werde nie vergessen die schöne Zeit,
doch jetzt bin ich für einen Neubeginn bereit!

An F.

Neuanfang

Wenn du über die Brücke gehst, mach dir bewusst,
dass du an einem neuen Anfang stehst.

Erhobenen Hauptes geh Schritt für Schritt
in dein neues Lebensglück.

Bedenke, deine Gedanken erschaffen die Wirklichkeit,
du bestimmst, ob du hierfür bist bereit.

Egal, wie lang es auch dauert,
alles braucht seine Zeit!

Die Musik deines Lebens

Du bist ein Mann, den Frauen wollen,
in deiner Musik schöpfst du aus dem Vollen,
dann tauchst du ab in deine eigene Welt,
schließt deine Augen, als ein Lichtstrahl auf dich fällt.

Du bist beliebt, umschwärmt, verwegen,
welche Gefühle sich wohl in Frauen regen.
Du lachst und spielst für andere den Clown,
dabei lässt du niemanden in dein Herz schaun.

Egal welche Gefühle dein Herz grad berühren,
du lässt es um dich herum niemand spüren.
Vieles im Leben ist leider nur Fassade,
ein Spiel, eine Maskerade.

Dann schließt du die Tür hinter dir,
bist wieder angekommen im Jetzt und Hier.
Kannst wieder sein, wie auch immer du bist,
Liebe ist es, die du manchmal vermisst.

Du willst geliebt sein, um deiner selbst,
hast Angst davor, dass du wieder fällst.
So spielst du dein Spiel mit den Frauen,
sagst, dass sie es ja nicht anders wollen.

Dein Herz sehnt sich nach wahrem Glück,
vertraue dir – es kommt zurück.

Nur das im Leben wird dir genommen,
was nicht in Liebe zu dir gekommen.
Die Zeit des Lebens ist vorbestimmt,
immer wieder einen neuen Weg du nimmst.

Was wir lernen!

Von Gottes Hand gegeben,
erscheinen besondere Menschen in unserem Leben.
Wir lernen zu lieben
und frei auf den Flügeln der Sehnsucht zu fliegen.

Wir lernen loszulassen,
ohne Angst davor, vielleicht etwas zu verpassen.
Wir lernen, was Freiheit ist,
darauf zu vertrauen, dass du allein im Herzen bist.

Wir lernen immer aufrecht zu stehen,
auch dann, wenn man mal hinfällt beim Gehen.
Wir lernen mit den Augen der Liebe zu sehen,
zu verzeihen und auch zu seinen eigenen Fehlern zu stehen.

Wir lernen unseren Blick vorwärts zu richten,
und immer wieder einen neuen Weg zu sichten.
Von Gottes Hand gegeben,
erscheinen besondere Menschen in unserem Leben.

Und ist es an der Zeit zu gehen,
wird er sie wieder von uns nehmen.
Zurück bleiben Hoffnung, Traurigkeit und Wut,
daran erkennt er aber auch unseren Mut,
nicht aufzugeben, sondern immer weiterzuleben.

Für Papa

Papa, dein Leben rannte noch einmal an dir vorbei,
was du alles erlebt, macht dich noch nicht frei.
Du warst noch nicht bereit aus dem Leben zu gehen,
wolltest noch viele schöne Dinge sehen.

Ein bisschen noch mit dem Schicksal spielen,
hast immer gedacht an deine Lieben.
Eine Stimme sagte dir, gib gut auf dich Acht,
ein Wunder wurde an deinem Herzen vollbracht.

Leichte Schritte gingst du wieder ganz sacht,
ein neues Leben ist in dir erwacht.
Einen langen Weg bist du bis hierher gegangen,
die Vöglein auf den Bäumen nicht immer sangen.

Manche Zeit war so unendlich schwer,
im Leben gibt's eben keine Gewähr.
Nur Mut lässt dich von neuem besinnen,
kannst dem Leben noch so viel abgewinnen.

An dem Tag, an dem du neu geboren,
alle Angst um dich hat sich verloren.
Viele Jahre wurden dir noch mal geschenkt,
dein Schicksalsweg von oben gelenkt.

Dankbar, dass es so geschehen,
wir können weiter an deiner Seite gehen.

Großes Dankeschön an die Herzstation der MUL und
dem Transplantationsteam für die ausgezeichnete
Arbeit und die liebevolle Pflege!

Ich danke dir ...

Ich danke dir, denn du hast mich geboren,
ohne deine Fürsorge wär ich verloren,
all die Wünsche, die du mir hast mitgegeben,
Hoffnung auf ein langes und glückliches Leben.

Ich danke dir für jede geruhsame Nacht,
in der du an meinem Bett gewacht.
An Tagen voll Freude hast du mit mir gelacht,
an Tagen voll Schmerz meine Tränen getrocknet, ganz sacht.

Nie aufgegeben das Gute zu sehen,
schön ist es an deiner Seite zu gehen.

Für meine Mutter

Wishes

In my dreams I see your eyes,
they are so magical and nice.

Your voice I can hear close to me,
in my mind I feel so free.

Open your eyes, can you see?
I give you my heart, you can trust me.

From a distance I see a way,
wish we go together one day.

Follow your heart and stay,
I know you never go away.

Wishes – Wünsche

In meinen Träumen kann ich deine Augen seh'n,
sie sind so magisch und so schön.

Deine Stimme haucht mir wieder Leben ein,
fühl mich wie im Nebel, kann nicht bei dir sein.

In meinen Gedanken fühle ich mich so frei,
in meinem Herzen wünschte ich, dass ich bei dir sei.

Da gibt's einen Weg, ich seh ihn aus der Ferne,
er ist erleuchtet durch des Himmels Sterne.

Öffne deine Augen, auch du kannst ihn sehen,
ich weiß, bist du erst hier, wirst du nicht mehr gehen.

Seelenstern

So nah und doch so fern,
hast mich verzaubert, mein Seelenstern.
Du sprichst von Liebe und längst vergessenen Gefühlen,
ließ mich von dir in meiner Seele berühren.
Ein Gefühl von Wärme, aber auch Distanz.

Vielleicht bist du doch nur einer von vielen Sternen,
wer weiß, was wir miteinander lernen.
Die Wahrheit kennt nur das Herz allein,
Sehnsucht, mit dir zusammen zu sein.

Nein, du bist keiner von vielen,
die mit dem Herz des anderen spielen.
Du erleuchtest den Weg in dunkler Nacht,
Erinnerung an schöne Momente, wo wir zusammen gelacht.

Jeden Augenblick mit dir genossen,
auch den, als bittere Tränen flossen.
Wer es schafft, einen Menschen so tief zu berühren,
wird auch wieder eine neue Liebe fühlen.

So braucht alles im Leben seine Zeit,
manchmal ein Gefühl, als wär's ‚ne Ewigkeit,
und dennoch wird sich alles finden,
wenn man bereit ist, sich neu zu binden.

Für meinen ganz persönlichen Seelenstern,
ich bin glücklich, dich kennengelernt zu haben.

Brief an dich

Jetzt sitz ich hier und schreibe dir,
welche Gefühle du erweckt hast in mir.
Zeile um Zeile füge ich mich dem Schmerz,
Zerrissenheit quält mein trauriges Herz.

Tränen tropfen aufs Papier,
sehe dich mit geschlossenen Augen vor mir.
Wort um Wort lass ich dich von meiner Sehnsucht wissen,
aber was das Herz nicht kennt, kann es nicht vermissen.

Doch ist da was, ich kann's nicht beschreiben,
es ist ein Gefühl von Lieben und Leiden.
Ich schaue dir entgegen,
nur in Gedanken kann ich mit dir reden.

Mein Brief an dich, ein letzter Augenblick,
dann geht er auf die Reise.
Ich weiß, meine Hoffnungen sind verrückt,
wieder kommt nichts von dir zurück!

Einen Moment möchte ich noch mal verweilen,
schreibe dir aus Liebe diese Zeilen.
Einen Augenblick des Glücks, als ich dir begegnet,
du warst da und hast meinen Weg neu geebnet.

Die schwere Zeit, dank dir, überstanden,
kurz war der Moment, wo wir uns fanden.
Dann gingst du wieder fort,
die Erinnerung ließ ich zurück an diesem Ort.

Und wieder bahnen sich Tränen ihren Weg,
kehre dorthin zurück, weil immer Hoffnung besteht!

Etwas zu verlieren bedeutet auch immer,
etwas von sich selbst zu verlieren.
Aber ‚verloren' bedeutet auch,
dass es nie im Herzen war.
Du bist im Herzen!

Hier oder da

Lass uns treffen in unserem Raum,
ob nun hier oder da,
Hauptsache, das mit uns ist wahr.

Danke dem Himmel, dass wir uns begegnet,
von oben sind wir auf ewig gesegnet.

Lass uns treffen in einer anderen Zeit,
ob nun hier oder da,
Hauptsache, das mit uns ist wahr.

Was ich nicht weiß, kann ich dir nicht versprechen,
aber ich werde niemals deine Grenzen brechen.
Dein Herz werde ich sanft in meinen Händen wiegen,
bleib, wie du bist, sollst dich nicht verbiegen.

Der Himmel entfacht einen Sternenregen,
den Traum zu träumen, das ist ein Segen,
ihn sanft in deine Hände zu legen.
Es ist nicht einfach, Gemeinsamkeit zu leben,
wenn man sich befindet auf unterschiedlichen Wegen.

Lass uns treffen, wenn wir die Liebe erkennen,
wenn wir uns freimachen von Dingen, die uns trennen.
Raum und Zeit wird sich finden,
um sich aus Liebe zu binden!

Erinnerungen

Erinnerungen sind wie Flüsse, die sich durchs Leben ziehen,
manche fließen ruhig und beschaulich an dir vorbei,
und andere wiederum stürmisch.
Sie können dich in ihren Sog ziehen
und dich nie wieder loslassen.

Manche möchte man nur vergessen, weil sie verletzten,
und manche werden ewig in Erinnerung bleiben,
weil sie dich glücklich machten,
deine Augen strahlten
und sie dir ein Lächeln ins Gesicht zauberten!

Erinnerungen sind wie Flüsse, die sich durchs Leben ziehen,
du kannst nicht vor ihnen fliehen,
nur lernen mit ihnen umzugehen!

Siehst du die Engel

Siehst du die Engel fliegen?
Ihr Weg führt sie zu denen, die lieben.
Ihr Weg führt sie zu denen, die weinen,
um ihnen Trost zu schenken und sie zu heilen.

Ihr Weg führt sie zu denen, die lachen,
um ihre Flügel über sie zu halten und sie zu bewachen.
Ihr Weg führt auch zu denen, die sich selbst verloren,
um neues Leben zu schenken, damit sie wiedergeboren.

Siehst du die Engel fliegen?
Regenbogenfarben hinter sich ziehend,
und glaubst du auch nicht an ihre Zeichen,
stellen sie trotzdem für dich jeden Tag die Weichen.

Sie kommen auch, um die Liebe zu schenken,
um zwei Menschen zusammenzuführen,
die aneinander denken,
indem sie ihre Wege in die gleiche Richtung lenken.
Vertrauen ist der Schlüssel ins Glück!

Du sagtest

Du sagtest, du gehst deinen Weg,
geradeaus, ohne zurückzusehen,
doch dann bliebst du stehen,
das Ziel war nicht mehr klar
vor deinen Augen zu sehen.

Ließest dich von deinem Ego treiben,
konntest nicht mehr bleiben,
du fühltest die Kälte in dir,
hast dich verloren im Wir.

Du sagtest, ich kann nicht sehen, was du siehst,
ich kann dir nicht geben, was du gibst,
ich kann nicht so leben, wie du lebst,
aber ich kenne die Wünsche, die du noch hegst.

Ich kann nicht so lieben, wie du liebst,
aber wenn ich dich in meine Arme nehme,
dann weiß ich, dass du es verstehst,
und dass du trotzdem neben mir gehst.

Du sagtest: „Ich liebe dich."
Danke, dass du glaubst an mich!

Fly away or stay

I want to fly away or stay,
cannot see the right way,
when life is too bad,
I feel so sad.
Forever is only a word – it is not true.
It is a dream which I saw in you.
The time is over, I miss you so.

I want to fly away or stay,
can not see the right way,
when life is too bad,
I feel so sad.
What you do is a perfect show,
it is not real,
let me know what you feel.
It hurts.

Come on and hold me in your arms,
show me what you feel, without words.
The stars are shining only for you,
you know what to do.
The way is clear,
I will wait here.

Fly away or stay – Davonfliegen oder bleiben

Ich möchte davonfliegen oder bleiben,
fühle mich so traurig, möchte nicht mehr leiden.
Manchmal kann ich den richtigen Weg nicht sehen,
weiß nicht, wohin soll ich gehen?
‚Für immer', das sind nur Worte – es ist nicht wahr.
Es ist nur ein Traum, den ich in dir sah.
Die Zeit ist vorüber, ich vermisse dich so.

Ich möchte davonfliegen oder bleiben,
fühle mich so traurig, möchte nicht mehr leiden.
Manchmal kann ich den richtigen Weg nicht sehen,
weiß nicht, wohin soll ich gehen?
Du siehst mich an und machst eine perfekte Show,
aber es ist nicht real, es scheint nur so.
Lass mich deine Gefühle wissen – ansonsten geh,
es tut so weh.

Komm und halt mich in deinen Armen,
zeige mir, welches Gefühl es ist,
wenn du mich mal vermisst.
Die Sterne leuchten nur für dich.
Du kennst den Weg, er ist klar.
Ich bin für dich da!

Ich wollt ...

Ich wollt, ich könnt deine Liebe spüren,
einmal nur sanft dein Herz berühren,
ich wollt, ich könnt in deine Augen sehen,
einmal nur deine Worte verstehen.

Ich wollt, ich könnt in deine Seele fühlen,
einmal nur das Feuer der Sehnsucht schüren,
ich wollt, ich könnt in deinen Gedanken sein,
einmal nur das Gefühl, ich wär nicht allein.

Ich wollt, ich könnt bei dir sein, Tag und Nacht,
umhülle dich wie ein Kokon ganz sacht,
bis ich am nächsten Morgen aus meinen Träumen erwach.

Ich wollt, du hättest mich einmal verstanden!
Ich lass dich geh'n – dort, wo wir uns einst fanden.

Alex

Eine liebe Freundin, das bist du,
immer für mich da, hörst mir zu.

So manches Mal ich dir die Nerven raub,
und dir dann auch noch sage, ziemlich laut:

„Ich bin, wie ich bin, du musst das verstehen,
kann manchmal den Weg nicht anders sehen."

Hoffe darauf, dass ich den richtigen Weg gehe,
auch wenn ich das Licht am Horizont nicht immer sehe.

So danke ich dir auch an diesem Tage,
du bist die Beste, das ist keine Frage!

Der Mann des Lebens

Der Mann des Lebens,
die Suche vergebens,
der Traum zu zweit
ist noch nicht soweit.

Deine Sehnsucht schüren,
auf deinen Weg dich führen,
das Glück zu zweit,
ist noch nicht soweit.

Eine kleine Geschichte

Eines Tages, ich war so versunken in meinen Gedanken, führte mich mein Weg zu einem kleinen See. Als ich am Ufer stand und den Wind auf meiner Haut spürte, bemerkte ich, dass ich nicht alleine war. Ich sah einen jungen Mann, er wirkte so abwesend. Seinen Blick zum Wasser gerichtet, nahm er mich nicht wahr, es schien mir, als wenn er nach Antworten suchen würde.

Der Wind bauschte die Wellen auf und sie rauschten laut hörbar ans Ufer.

Leise hörte ich ihn fragen: „Wo finde ich die Liebe?", und er wartete und wartete, aber fand keine Antwort darauf. „Vergebens, die Liebe findet mich nicht", sagte er.

Einen Moment lang verweilte ich noch und beobachtete ihn; er hatte so eine Ausstrahlung, die mich nicht mehr losließ. Doch er interessierte sich nicht für mich, und so ging ich unbemerkt von ihm fort und ließ ihn an diesem romantischen Ort zurück.

Eine Ewigkeit, so schien es mir, konnte ich ihn nicht vergessen. So besuchte ich noch einmal diesen Platz am See.

Wieder war ich nicht alleine, aber dieses Mal war alles anders. Ich sah ihn auf einer Bank am Ufer des Sees sitzend. Er beobachtete das Wellenspiel. Ich trat an ihn heran, unsere Gesichter spiegelten sich im Wasser. Schweigend betrachtete er mich eine Weile. Nachdem ich mich neben ihn gesetzt hatte, schauten wir gemeinsam den Wellen zu, wie sie mal leise und mal stürmisch ans Ufer drängten. Sie schienen die Geschichte unseres Lebens zu erzählen.

Seine Augen glänzten und sein Lächeln verzauberte mich. Ich versuchte in seinen Gedanken zu lesen, zu fühlen, was ihn so schwermütig machte.

Dann beendete er das Schweigen. Er blickte mir lange in die Augen und sagte: „So lange Zeit suchte ich, was ich nicht finden konnte. Ich irrte der Schönheit hinterher und merkte nicht, dass die Schönheit bereits verblasst ist. Die Herzen flogen mir zu, aber ich konnte sie nicht mit meinen Händen festhalten, weil mein Herz zu sehr schmerzte. So verging die Zeit und ich verlernte, die Liebe zu sehen. Ich nahm dich wahr und doch sah ich dich nicht. Zu oft wurde mein Herz verletzt."

So redeten wir Stunde um Stunde, sein Lachen schien nie zu enden. Wir stellten fest, dass wir viele Gemeinsamkeiten hatten, ja es war seltsam, wie sehr sein Leben dem meinen glich.

Der Abend brach herein und ich spürte einen kühlen Schauer auf meiner Haut. Er legte seinen Arm um mich, und dieses Gefühl war so vertraut.

Plötzlich nahm er meine Hand und sagte: „Als sich unsere Gesichter im Wasser spiegelten, da kannte ich die Antwort auf meine Frage. Man muss lernen mit den Augen zu sehen und dem Herz zu vertrauen, denn es findet immer den richtigen Weg."

Das Glück begegnet dem, der bereit ist, es auch zu sehen.

Zwei Suchende auf dem Weg der Liebe, die sich in den Wogen der Wellen fanden.

Ein paar Zeilen von mir

Wie viele Jahre sind vergangen,
in denen wir einander nicht gesehen.
Erinnerungen an vergangene Tage
werden nie verlorengehen.

Unverhofft las ich deinen Namen,
schrieb dir ein paar Zeilen von mir,
mit vielen lieben Grüßen schickte sie auf die Reise zu dir.

Der Tag nahte, an dem wir uns wiedersahen.
War es doch ein Gefühl wie gestern,
als hätten wir uns nie verloren.

Freundschaft überwindet viele Zeiten,
sie lässt sich vom Gefühl des Herzens leiten.
bin froh über die Zeilen, die ich schrieb von mir,
und unendlich glücklich über die Antwort von dir.

Nun sitzt du auf dem Sofa hier,
und wir schau'n Bilder an von dir und mir.
Wir lachen, als wär's gestern erst gewesen,
all das kam, weil ich durch Zufall deinen Namen gelesen.

Für Neddel

Willst nicht sein

Du willst nicht sein wie alle sind,
manchmal so stürmisch und dann wieder
unbeholfen wie ein kleines Kind,
wie in einer Sanduhr all die Zeit verrinnt.

In deinem Leben konntest du nicht viel erschaffen,
dich nicht mal auf dich selbst verlassen,
wie verloren ranntest du durch die Gassen,
auf der Suche nach deinen Träumen,
wolltest nichts im Leben versäumen.

So manche Nacht hast du durchgemacht,
dir dabei vorm Spiegel ins Gesicht gelacht,
warst bereit Neues auszuprobieren,
hast riskiert, dich dabei selbst zu verlieren.

Hast im Leben nach Großem gesucht,
das Schicksal so manches Mal verflucht,
gefunden hast du dennoch nichts,
vergessen all das, was wichtig ist.

Gehst mit dir selbst sehr oft ins Gericht,
du willst nicht sein wie alle sind,
drehst dich um, auf der Suche nach den Spuren,
die verweht sind vom Wind.

So wirst du wieder neue Spuren gehen,
lachend im Spiegel deinen Weg sehen.

Der Pfad des Lebens

Wenn du auf dem Pfad des Lebens gehst,
entscheide, welche Richtung du willst.
Setze deine Schritte und schau nicht zurück,
auf dich wartet dein Lebensglück.
Musst du auch mal einen Umweg gehen,
kannst du dennoch das Ziel vor Augen sehen.

Unermüdlich kämpfst du dich voran,
hast geschafft, woran du nie geglaubt,
weil du dir selbst nicht mehr vertraut.
Das Ziel erreicht und siehe, dann
fängt schon wieder ein neuer Weg an.

So ist es mit dem Lebenskarussell,
es dreht sich immer weiter, ziemlich schnell.

Für Miraya

Ein Engel begleitet dich auf deinen Wegen,
ohne Vorbehalt schenkt er dir seinen Segen,
beginnt unter dir auch die Erde zu beben,
er wird dich nie verlassen in deinem Leben.

Von deinen Sorgen kannst du dich befrei'n,
lass ihn einfach ein Teil deines Lebens sein,
seine Flügel geben dir Halt zum Fliegen,
bleib wie du bist, lass dich niemals verbiegen.

Auch wenn du manchmal müde wirst vom Leben,
wird er dir immer wieder neue Hoffnung geben.
Folgst du dem Licht, bist du nie ganz allein,
wirst seh'n, dass auch andere um dich wein'n.

Gib jedem Tag eine neue Chance,
du wirst wiederfinden deine innere Balance.
Niemals lässt er dich alleine gehen,
er schickt dir ein Herz, das nur für dich schlägt,
du musst es nur noch sehen!

Bist du verzweifelt, glaubst nicht mehr aufrecht zu stehen,
so wird er ohne Fragen dich auf seinen Flügeln tragen,
bis du wieder deiner inneren Stimme vertraust,
es beginnt ein neuer Tag, an dem du dir deine Zukunft baust!

Your love

Your soul is flying up to the sky,
I will never, never say good bye.
In my dreams we are dancing together into the light,
in your arms I will forget this other side.

You are my love and you are my friend,
let me fly with you in your beautiful land.
We are running together hand in hand,
a place you know, it seems so blue.

The night is cold, I think of you,
all that I say to you, it's true.
I am always in love with you!

Your soul is flying up to the sky,
I will never, never say good bye.
In my dreams we are dancing together into the light,
in your arms I will forget this other side.

I see an angel in the sky,
no more tears in my eyes,
I will never forget your beautiful smile.

In memory, that was the hardest day,
the angel came and has flown away with your soul.
I miss you every day, but …
the time is coming to go a new way.

From a distance
I see birds flying up to the sky,
sometimes I wish
I could also fly so high.
To touch your soul with my love once again,
in my dreams we are dancing together into the light,
in your arms I will forget this other side.
Your soul is flying up to the sky,
I will never, never say good bye.

Your love – Deine Liebe

Deine Seele gleitet hinüber in den Himmel,
möchte dir niemals ‚Auf Wiedersehen' sagen.
In meinen Träumen tanzen wir zusammen ins Licht,
in deinen Armen vergesse ich diese andere Sicht.

Du bist meine Liebe und du bist mein Freund,
keine Zeit sinnlos versäumt.
Zusammen fliegen mit dir in dieses wunderschöne Land,
zusammen gehen dort, Hand in Hand.
Ein Platz, du kennst ihn sicher genau,
es scheint dort so wundervoll blau.

Die Nacht ist kalt, ich denk an dich,
alles, was ich dir sagte, ist wahr für mich.
Ich werde immer verliebt sein in dich!

Deine Seele gleitet hinüber in den Himmel,
möchte dir niemals ‚Auf Wiedersehen' sagen.
In meinen Träumen tanzen wir zusammen ins Licht,
in deinen Armen vergesse ich diese andere Sicht.

Einen Engel – im Himmel gesehen,
du wirst niemals alleine gehen.
Keine Tränen mehr in meinen Augen.
All die Erinnerungen, dieses wunderbare Lächeln von dir,
werde ich ganz und gar aufsaugen in mir.

In meinen Gedanken war es der härteste Tag,
als die Engel dich auf ihrer letzten Reise begleiteten,
ein dunkler Schatten, der auf meiner Seele lag.
Ich vermisse dich, aber …
es ist an der Zeit, ein neuer Weg kommt für mich.

Aus der Ferne seh ich Vögel
in den Himmel fliegen,
wünschte mir, ich könnte dich noch einmal lieben.
Deine Seele noch einmal berühren,
diese tiefen Gefühle spüren.

In meinen Träumen tanzen wir zusammen ins Licht,
in deinen Armen vergesse ich diese andere Sicht.
Deine Seele wird nun sanft hinübergetragen,
wünschte, ich muss dir nicht ,Auf Wiedersehen' sagen!

Auf der Suche

Bin auf der Suche nach dem ewigen Glück,
weiß manchmal nicht zu gehen, weder vor noch zurück.

Weiß nicht genau, wo trägt es mich hin,
will sanft dahingleiten, wie eine Feder im Wind.

Die Zukunft ist, was die Seele kennt,
wenn in ihr das Feuer der Sehnsucht brennt.

Gib nicht auf, den Weg zu gehen,
willst du in dir das Licht der Erfüllung sehen.

Der Sonne Strahlen

Der Sonne Strahlen erhellen dein Gesicht,
sehe deine Augen, sie brechen das Licht,
dein Blick verträumt, viel Zeit versäumt.

Die Gedanken an damals sind immer noch da,
dein Lebenstraum ist nicht mehr wahr,
hast verlernt deine Schritte zu gehen,
konntest nicht mehr nach vorne sehen.

Weder Mut noch Kraft ward dir gegeben,
erhobenen Hauptes gingst du dennoch durchs Leben,
man konnte nicht sehen hinter deine Fassade,
so manches Spiel glich einer Maskerade.

Dein Blick berührt nur die, die es seh'n
weil sie zusammen mit dir deines Weges geh'n.

Für Katrin

Die Dornen umschließen dein Herz,
sie bewahren dich vor zu viel Schmerz.
Sie stechen nicht nur die, die dich sanft umgarnen,
sondern auch die, von denen du Leid erfahren.

Es ist an der Zeit dich zu befrei'n,
damit du wieder kannst in Liebe sein.
Strecke aus deine Hand, um neu zu vertrauen,
du kannst dir ein Leben in Freude, Glück und Liebe bauen.

Nimm die Hand, die dich führt,
damit du siehst, dass nicht nur Trauer,
sondern auch Liebe dein Herz berührt.

Lass die Schatten weit hinter dir,
denn es ist Zeit, dass du ankommst im Jetzt und Hier!

Zu spät

Der Wind, der deine letzten Spuren verweht,
der Tag, der scheinbar nie zu Ende geht.
Gedankenvoll sitzt du hier,
dein Kopf gestützt über einem Blatt Papier.

Müde legst du dich nieder,
schwer sind deine Augenlieder.
Deine letzten Worte, welch unglaublicher Schmerz,
zerreißt den Menschen, die dich lieben, das Herz.

Warum konnte dies geschehen?
Warum hatte niemand genau hingesehen?
Die Hilfe kam leider viel zu spät,
der Wind hatte deine letzten Spuren schon verweht.

Sonnenuntergang

In der Ferne sah ich den Sonnenuntergang,
einen Vogel, der mich in Träume sang,
das Rauschen des Wassers klang so nah,
in meinen Gedanken nahm ich dich wahr.

Hörte leise deine Stimme, du warst da,
so, wie ich dich in meinen Träumen sah.
Wir schauten beide in die Ferne,
und suchten unsere Sterne.

Ließen uns fallen in den warmen Sand,
wie ganz zufällig berührtest du meine Hand,
du lagst in meinen Armen, es war soweit,
wollten einfach nur leben, ich war bereit.

Auf der Überholspur

Ein Leben auf der Überholspur,
zu Tode er sich fuhr.
In den Gesichtern ein blankes Entsetzen,
Erinnerung an dich, nur noch in Fetzen.

Gelebt hat er, als wär's sein letzter Tag,
niemals nach dem Morgen gefragt.
Was auch immer er vom Leben erwartet,
hat er erreicht, ist immer voll durchgestartet.

Und dann ging sein Leben so schnell vorüber,
sein letzter Weg, als er ging hinüber.
Er hat gewusst, es wird mal so kommen,
das Leben gehört nicht nur den Frommen.
Sein Lachen und die Leichtigkeit, mit der er sein Leben sah,
ja es war so, wie er eben war!

Ich weiß nicht

Ich weiß nicht, wie soll ich's dir sagen,
hab einfach Angst vor deinen Fragen.
Dein Blick ist kalt – deine Augen glänzen nicht mehr,
da ist so ein Gefühl, ich glaub, es ist leer!

What you feel

I hear the beat of your heart,
but we are so far apart,
I hear your voice, your lovely words,
I am so sad, that really hurts.

I love you, it is true,
oh yes it is true,
I can't tell you what I do,
but everything, I do it for you!

You came to me at Sunday morning,
I see in your eyes, no fire is burning.
What is love, what are you going to learn?
No more lies?

Can you see the tears in my eyes?
my body is out of control,
I run to you and cannot find the person in my mind.

I hear the beat of your heart,
but we are so far apart.
You are a dreamer, it is not real,
what you say, it is not what you feel.

You are made out of steel,
I say to you: Broken hearts will never heal!
I think of you, do you think of me?
I love you, it is not a dream,
can you see it?

Open your eyes,
true love never dies.
What is the truth?
What will you do?

Will you run away?
Or will you stay?
I don't know what you feel.
I think it is not real,
broken hearts will never heal!

What you feel – Was du fühlst

Der Schlag deines Herzens ist mir so nah,
obwohl wir getrennt sind, bist du da.
Höre deine Stimme, sie klingt so liebevoll und klar.
Ich liebe dich, es ist wahr.
Ja es ist wahr!
Ein Gefühl von Traurigkeit ist da.

Kann dir nicht erzählen, was es bedeutet für mich,
aber alles mache ich für dich!
Samstagmorgens kamst du zu mir,
kein Feuer brannte mehr in dir.

Was ist Liebe und was wirst du lernen?
Das steht wohl in den Sternen.
Siehst du die Tränen in meinen Augen?
Bin völlig von der Rolle, mein Körper ist außer Kontrolle,
renne zu dir, aber kann dich nicht finden.

Der Schlag deines Herzens ist mir so nah,
obwohl wir getrennt sind, bist du da.
Du bist ein Träumer, es ist nicht real,
manchmal wirkst du auf mich so hart wie Stahl!

Ich sage dir: Gebrochene Herzen werden niemals heilen.
Wenn ich an dich denke, denkst du auch an mich?
Es ist kein Traum, ich liebe dich!
Öffne deine Augen, du kannst es sehen.

Wirst du zu mir stehen?
Was ist die Wahrheit?
Was wirst du tun?
Ich weiß nicht, was du fühlst, es ist nicht real.
Bedenke, gebrochene Herzen heilen niemals,
du hast die Wahl.

Ein Seelensturm

Zwei Seelen wollten einander finden,
die Liebe sollte sie verbinden.
Der Sehnsuchtsschmerz führte sie zusammen,
doch ein trauriges Herz lässt sich nicht fangen.

Was auch immer sie zusammenführte,
es so sehr schmerzte und das Herz berührte.

Das Schicksal führte dich einst zu mir,
viele Tränen weinte ich schon wegen dir.

Konnte nicht finden die Hand, die mich hält,
verfluchte oftmals den Sinn dieser Welt.
Habe so laut nach dir gerufen,
hörte dich kommen auf leisen Stufen.

Doch gingst du auch immer wieder fort,
vermisste ich doch dein persönliches Wort.
Nicht einfach würde es werden, haben wir oft gedacht,
und haben so manches Mal über das Schicksal gelacht.

Dass ausgerechnet wir einander gefunden,
füllt das Buch des Lebens für viele Stunden.
Welchen Weg wir auch immer zusammen gehen,
es wird sich zeigen, wie wir in Zukunft zueinander stehen.

In Liebe für einen besonderen Menschen

Freund oder Feind

Das Herz kennt keine Lügen,
man kann sich nur selbst betrügen.
Wachsam steigt man die Stufen des Lebens empor,
gedanklich kommt der Schmerz der Vergangenheit hervor.

Angst lässt dich langsam gehen,
schaust dich um, wo deine Feinde stehen.
Dann rennst du geschwind,
lässt dich tragen vom Wind.

Frohen Mutes steigst du die Stufen des Lebens empor,
Gesichter treten vor deinem Auge hervor.
Du siehst eine Hand, die dich berührt,
was auch immer dich deines Weges führt.

Du hast es in deinem Herzen bereits gespürt,
du bist nicht allein, kannst voller Hoffnung sein.
Ein Freund ist der, der zu dir steht,
den Weg erkennt und ihn zu dir geht!

Was ich bin

Was ich bin, das bleibe ich,
denke zuweilen auch mal an mich.
Wohin ich geh, das weiß ich nicht,
Nebel verhindert meine Sicht.

Aber was ich bin, das bleibe ich,
was ich liebe, das lebe ich,
denke oft an dich und mich.

What I am, so I remain.
What I love, I am living.

Was wir sehen, ist nicht immer Wirklichkeit,
Erstaunen macht sich oftmals breit.
Was ich bin, das bleibe ich,
könnte ich es auch manchmal sagen über dich.
Heute Freund und morgen Feind,
lohnt es sich, dass man darüber weint?

Es war wie gestern

In Momenten deiner tiefsten Trauer,
durchfährt mich ein seltsam kühler Schauer.
In deinen Gedanken nehm ich Dunkelheit wahr,
nachts in deinen Träumen ist er immer noch da.

Es ist so wie gestern, du fühlst dich ihm nah,
schaust in den Spiegel und weißt, es ist wahr.
Er ist gegangen, er ist nicht mehr da.

Er wird dir fehlen in diesem Leben,
hoffst, du kannst ihm wieder begegnen.
Zeit wurde ihm nicht mehr geschenkt,
glaube daran, dass er deine Wege lenkt.

In jedem Raum fühlst du immer noch sein Leben,
all die Zeit hast du ihm Hoffnung gegeben.
Doch als der Tag kam und er ging von dannen,
war all das, was du mit ihm erlebt, plötzlich vergangen.

Du schaust in die Ferne, siehst tausend Sterne,
denkst dir hier, wie gern wär ich jetzt bei dir.
Ich höre dich sagen: „Vergiss mich nicht!"
Schaue dabei in dein trauriges Gesicht.

Was wolltet ihr noch alles zusammen erleben,
wem sollst du jetzt deine Liebe geben?
Eure Seelen bleiben auf ewig verbunden,
ward beschlossen an dem Tag, als ihr euch gefunden.

Dein Bilderzauber

Jetzt tauchst du ab, überlässt deiner Hand die Führung,
Erstaunen macht sich breit, und Rührung.
Dein Blick schweift in die Ferne,
ein Seelentraum, von dir gemalte Sterne.

Gefühle willst du nicht zerreden,
du lässt sie in deinen Bildern leben.
Die Farben leuchtend, siehst du die Dinge klar,
machst bewusst, wie die Wirklichkeit war.

Wenn du auch manchmal zu lange geträumt,
so hast du doch niemals den Weg zu gehen versäumt,
aus deinem Herzen lässt du Dinge entstehen,
wer sich darin erkennt, kann dich mit anderen Augen sehen.

So zeigst du auf, dass Hoffnung entsteht im Gehen,
man muss nur bereit sein, es auch zu verstehen.

Für Ute

Seelenleben

Wandle Seele durch die Nacht,
strecke deine Fühler aus, ganz sacht,
träumend, schwebend durch die Zeit,
hinübergleitend in die Unendlichkeit.

Das Weite suchend, ist es doch so nah,
fragend, schauend, was ist wahr?
Zweifelnd, wütend, es ist so schwer,
fühle mich manchmal so unendlich leer.

Ich kann nicht sein wie alle sind,
taste mich voran, hilflos wie ein kleines Kind,
auf der Suche nach dem ‚wofür' wir geboren sind.

Der Weg der Erkenntnis

Wer Wahrheit sucht, wird Erkenntnis ernten,
die Summe der Erfahrung aus dem, was wir lernten!

Der Schicksalsweg ist dir vorbestimmt,
er dir aber nicht deine Entscheidung abnimmt.

Kommst du auch manchmal dem Ego ins Gehege,
findet das Herz doch immer neue Wege.

Laura

Du, mein kleiner Sonnenschein,
fängst jeden Lichtstrahl mit deinem Lächeln ein.

Dich anzuseh'n – welch ein Glück,
jeden Tag mehr begreifen Stück für Stück.

Neues erleben auf dieser großen Welt,
für mich bist du jetzt schon ein kleiner Held.

Wer bin ich?

Du stehst im Schatten, sehnst dich nach dem Licht,
hast Angst, hältst deine Hände vors Gesicht,
fragst deine Freunde: „Wer bin ich?"

Du bist du und wirst es immer bleiben,
tritt aus dem Schatten heraus und hör auf zu schweigen,
du schaust in den Spiegel und kannst dich nicht erkennen,
es fällt dir schwer, dich von deiner Vergangenheit zu trennen.

Wer bin ich, versuchst es selbst zu ergründen,
kannst darauf aber keine Antwort finden.
Hinter einer Maske willst du dich verstecken,
aber wer dich mag, wird dich dahinter entdecken.

Wer du bist, ist dann nicht mehr wichtig,
denn so wie du bist, bist du genau richtig!

Dornen auf deinem Weg

Ein Dornenbusch am Wegesrand, Steine liegen im Sand,
Hingefallen suchtest du nach der helfenden Hand.
Schautest in alle Richtungen, wie gebannt,
nahe warst du schon dem unbekannten Land.

Unerwartet plötzlich eine Hand die deine nahm,
in letzter Sekunde noch deine Rettung kam.
Tränen in deinen Augen, ein müder Blick,
noch einmal kommen die Lebensgeister zurück.

Ein Mensch mit Achtung vor deiner Seele,
es ihm nicht am nötigen Mut fehlte.
Hilfe war nun da – er nicht das Scheitern,
sondern einen Mensch mit Fehlern in dir sah.

Für ihn war es nur ein kleiner Schritt,
aber für dich war es der Weg ins Glück.
Schritt für Schritt lernst du neu zu gehen,
und dein Leben mit anderen Augen zu sehen.

Von mir zu dir

Du gehst deinen Weg auch ohne mich, schaust nicht zurück,
alle auf der Suche, so wie du, nach dem wahren Glück.
Wir sind doch so verschieden,
könnten niemals einander lieben.

Erinnerst du dich an den Tag, als ich dir sagte,
kann nicht vergessen, was meine Seele so plagte,
wollte dir nie deine Freiheit rauben,
wie schwer ist es, an die wahre Liebe zu glauben.
Wir sind doch so verschieden,
könnten niemals einander lieben.

Wenn ich dir jetzt sage, dass ich das alles nicht versteh,
warum wir uns verletzen, all das tut dem Herzen doch weh.
Was würde ich erkennen, wenn ich aus deinen Augen seh?
Verletzter Stolz lässt sich vom Ego treiben,
erkenne, dass die Seele beginnt zu leiden.
Wir sind doch so verschieden,
könnten niemals einander lieben.

An Tagen wie diesen fühlst du dich so schwer,
lang, so lang ist das Erleben tiefer Gefühle her,
in diesen Momenten führt dich die Sehnsucht zu mir,
lächelnd sage ich zu dir:
„Ich hab gespürt, wie deine Sehnsucht meine Seele berührt."
All die Fäden hältst du in deinem Leben.

Ich kann dir nicht mehr als meine Liebe geben.
Du willst sie nicht sehen, entscheidest dich wieder zu gehen,
bist nicht bereit, dein Herz zu verschenken,
es ist an der Zeit, den Blick in eine neue Richtung zu lenken.
Jetzt sehe ich es auch, wir sind zu verschieden,
könnten einander niemals von ganzem Herzen lieben.

Alkohol

Anfangs brauchtest du nur das Gläschen Wein,
um ein bisschen glücklicher zu sein.
Verdrängen wolltest du lediglich dein Leid,
kanntest nicht das Gefühl vom Leben zu zweit.
Du sagtest: „Ich fühl mich nicht dazu bereit!"

So sehr schmerzt mein Herz dich anzuseh'n,
kannst nicht mehr auf dem Boden des Lebens steh'n.
Ein dichter Nebel legt sich über dein Gesicht,
schon seit langem siehst du die Sonne nicht,
in dir eine Angst, dass du daran zerbrichst.

Getrennte Wege

Vergangen die Zeit, die uns verband,
ich sehe noch die Spuren im Sand.

Das Glück bei dir ich niemals fand,
habe losgelassen deine Hand.

Einen neuen Weg bin ich gegangen,
war in mir selbst im Schmerz gefangen.

Habe verloren die Hoffnung und das Glück,
kommen sie jemals zu mir zurück?

Kann wieder lachen, auch wenn es schmerzt,
der Gedanke an ein gebrochenes Herz.

Kannst du verstehen, wie ich mich fühle?
Deine Seele umgeben von einer unendlichen Kühle.

Will endlich vergessen diesen Schmerz,
soll endlich heilen mein zerbrochenes Herz.

Eine Rose

Eine Rose stand am Wegesrand,
du brachst sie ab, nahmst sie in deine Hand,
wie sie dastand, so ganz alleine,
dachtest du, es ist die deine.

So gingst du weiter – unbedacht –
hast der Rose kein Glück gebracht.
Und als sie wurde dir zur Last,
warfst du sie weg, weil sie nicht mehr in dein Leben passt.

Rückzug aus dem Leben

Du fühlst eine Schwere in deinem Leben,
hast dich zurückgezogen, willst mit niemandem reden.
Siehst keine Ziele mehr, für die es sich lohnt zu streben,
so kann dir auch niemand mehr Hoffnung geben.

Öffnen kannst nur du wieder alle Türen,
vertraue in deine eigene Kraft und lass dich führen.
Gib Menschen die Chance dein Herz zu berühren,
dann wirst du auch wieder Zuversicht spüren.

Kein Rückzug mehr aus deinem Leben,
es wird immer einen neuen Weg für dich geben.

Der Weg

Wenn du auf der Straße des Lebens stehst,
mach dir bewusst, welchen Weg du gehst.

Wähle klug deinen Lebenspfad,
wie auch immer sich dreht dein Schicksalsrad.

Willst du den Weg des Herzens geh'n
musst du über deinem Ego steh'n.

Eine Träne

Eine Träne läuft über mein Gesicht,
von Schmerz gepeinigt schau ich zum Licht.

Liege wach so manche Nacht,
kann nicht glauben, was hast du gemacht?

Meine Seele getreten und dabei gelacht,
was für ein Mensch bist du, der so was macht?

Eine Träne läuft über mein Gesicht,
wünschte mir heute, ich kenne dich nicht!

Es ist alles anders

Es ist alles anders, seitdem du mir begegnet,
ein Chaos der Gefühle, weiß nicht mehr, was ich spüre.
Mein Kopf verwirrt, weiß nicht mehr, was ich denke,
bin unsicher, überlege, ob ich dir mein Herz schenke.

Es ist alles anders, seitdem du mir begegnet.
Sind wir von oben gesegnet?
Mein Herz, das fährt Achterbahn,
vom ersten Tag an, als wir uns sah'n.

In deinen Gedanken lese ich wie in einem Buch,
immer nach einer Antwort, die ich such.
Heute schenkst du mir deine Liebe,
und morgen muss ich dafür büßen,
reißt mir den Boden weg unter den Füßen.

Bestrafst mich für Dinge, für die ich nichts kann,
und was ist dann?
Wir müssen lernen neu zu vertrauen,
nicht nach den Fehlern des anderen schauen.

Was mal war ist vergangen,
eine Chance noch einmal von vorn anzufangen.
Die Enttäuschung, die du erlebt, kann ich dir nicht nehmen,
dass ich dich liebe, muss ich nicht erwähnen.

Es ist alles anders, seitdem du mir begegnet.
Wir haben viel zu lernen,
greifen manchmal zu hoch nach den Sternen,
doch ich bleib ich und du bist du.

Nichts bekommen wir geschenkt,
auch der Schmerz gehört zum Leben.
Weißt du, es ist alles anders, seitdem ich dir begegnet,
in Freiheit zu lieben heißt auch das eigene Ego zu besiegen.

Der Weg des Herzens

Der Weg des Herzens ist mühsam und schwer,
vom Ego befreit, erwartest nichts mehr.
Ist es nun einfach, sich dem Willen zu ergeben?
Wenn man das Wort Demut nicht kennt, im Leben.

Drehst dich herum, willst allen was geben,
wie klein du doch bist in deinem Leben.
Kommt auch nur einmal etwas zurück,
wäre das schon ein Stück vom Lebensglück.

Doch um dich herum sind nur Egoisten,
jeden Tag Kampf, um den andern zu überlisten.
Ach wäre es schön, nur einmal zu erleben,
dass andere aus dem Herz können auch etwas geben.

Ein Traum

Ein Traum so wahr,
die Zukunft so nah,
das Glück zu zweit,
doch du warst noch nicht bereit.

Habe gefühlt deine schmerzenden Wunden,
gewartet auf dich so viele Stunden.
Du warst da in einsamer Nacht,
hast mich so oft zum Lachen gebracht.

Meine Seele hat nach dir gerufen,
mein Herz wollte es noch einmal versuchen.
Erst warst du da und dann plötzlich fort,
irgendwo, an einem mir fremden Ort.

Hast kein Vertrauen in die Liebe gefunden,
immer noch trägt dein Herz offene Wunden.
So lass ich dich jetzt gehen –
aber hoffe auf ein Wiedersehen.

Drogen

Du nahmst noch eine Tablette,
ein Gefühl, als könntest du fliegen,
dachtest, niemand kann dich mehr besiegen.

Doch du bist schon lang gefallen,
fühltest dich frei, welch Größenwahn!
Irgendwann legten diese Tabletten deinen Körper lahm.

Sie fanden dich am Boden liegend und gingen an dir vorbei.
Sagten Sätze wie „Dem ist nicht zu helfen, der ist high."
Selbstverschuldet – hörte man sie sagen,
sie werden keine Schuldgefühle haben.

Als endlich kam die Hilfe in der Not,
da warst du bereits TOT!
Hätte auch nur einer dich nicht aufgegeben,
wärest du heute vielleicht noch am Leben.

Die Liebe

Willst du die Kraft der Liebe spüren?
Lass dich in deinem Herzen berühren.

Regle nichts mit der Macht des Verstands,
lass deine Seele entführen zu einem sinnlichen Tanz.

Gib dem Gefühl die Leichtigkeit zurück,
dann wirst du erfahren ein immerwährendes Glück.

Angst

Du hast die Kontrolle deines Lebens verloren,
eine Angst ist in dir, seit du geboren,
kannst nicht mehr unbeschwert dein Leben genießen,
die Kraft in dir kommt nicht zum Fließen.

Das Lachen ist dir schon lang vergangen.
Tägliches Hoffen, tägliches Bangen,
wird dieser Tag ein neuer sein?
So lasse die Angst nicht in dein Herz hinein.

Der Weg ist der, den du erkennst,
wenn du diese Angst beim Namen nennst.

Für Silvi

Gehe vor, niemals zurück,
Glaube allein führt nicht zum Glück.
Vertrauen lehrt dich vorwärts zu gehen,
Die Liebe lässt dich aufrecht stehen.

Öffne dein Herz, reich mir deine Hand,
Achtung vor dem Mensch wird dir abverlangt.
Gehen des Weges ein Stück zusammen,
Dankbarkeit für Hilfe, die ich von dir empfangen.

Neue Kraft tanken

Das Haus am See,
die Brücke, auf der ich steh.

Das Wasser so klar,
die Zukunft so nah.

Den Augenblick genießen,
neue Kraft kann fließen.

Seine Freundschaft

Egal was ich fühle, fühlst auch du,
manchmal ist es Trauer, dann wieder himmlische Ruh.
In der Nacht fühlst du dich so allein,
kannst nur in deine Kissen weinen.

So lachst du, zeigst nicht dein wahres Gesicht,
dein Herz ist so zerrissen,
aber er, er kann es nicht wissen.

Du gehst die Straße entlang, als würdest du ihn suchen,
jeden Tag willst du diesen Schmerz verfluchen.

Endlos zieht ihr eure Kreise,
wie Vögel im Wind ganz leise,
dann schließt du die Augen, fühlst dich ihm nah,
denkst, es war nur ein Traum, es ist nicht wahr.

Plötzlich kommt er, will dir seine Liebe schenken,
aber du kannst einfach nicht mehr klar denken,
versuchst deine Gefühle mit dem Kopf zu lenken.

Er sieht dich an, hält ein Herz in seinen Händen,
hörst ihn sagen: „Ich werde gehen, lass es dabei bewenden!"
Ich werde dich wohl nie wiedersehen,
siehst ihm noch nach und lässt ihn gehen.

Tränen laufen über dein Gesicht,
leise rufst du ihm nach: „Du verstehst das nicht!"
Wie reagiert ihr, wenn ihr euch mal wieder gegenübersteht?

Eines Tages dann kreuzten sich eure Wege,
du wolltest wissen, wie er nun lebe.
Er hat verziehen, was auch immer war,
habt euch nie verloren, seid euch doch im Herzen nah.

Die Zeit heilt alle Wunden,
aber die Liebe vermag es schon in wenigen Stunden.
Ihr könnt nicht mit und nicht ohne einander leben,
ein wunderbares Geschenk, was er dir gegeben,
seine Freundschaft, ein wahrer Segen!

In den Stürmen des Lebens

In den Stürmen des Lebens
ist Hoffnung nie vergebens.
Regen prasselt auf deine Haut,
ein Gefühl, das dir sehr vertraut.

Blitz und Donner werden vergehen,
die Sonne wirst du wiedersehen.
In den Stürmen des Lebens
ist Hoffnung nie vergebens.

Glaub an deine innere Stärke,
zeige nach außen eine gewisse Härte.
schiebt dich auch der Wind zurück,
vertraue immer in dein Lebensglück.

Liebe und Glück

Eine Rose schenktest du mir,
hier nun sage ich dir danke dafür.

Für all deine Liebe in diesen Tagen,
die nicht immer die einfachsten waren.

Ich gebe dir nun die Rose zurück mit dem Vermerk:
Liebe allein bedeutet nicht gleich Glück.

Ein Farbenzauber

Du fühlst dich leer,
Tränen kommen schon lang nicht mehr.
Des Nachts ein großer Farbenzauber
umhüllt dich mit seinem Glanz ganz sanft.

Du lässt dich fallen in dem Meer aus Licht,
hörst die liebevolle Stimme, die zu dir spricht.
Hab Vertrauen, gib niemals auf,
ich führe dich vom Dunkel ins Licht hinauf.

Hast du auch deinen Weg verloren,
kämpf um dein Glück, dann bist du neu geboren.

Warum

Ich kann nicht schlafen, denke immer nur an dich,
muss gestehen, vergesse so manches Mal mich.

In meiner Brust ein stechender Schmerz,
,Warum nur?', frage ich mein Herz.

Ja, die Liebe ist's, von der alle sprechen,
die kann auch die stärksten Gefühle nicht brechen.

Du hast dich entschieden für deine Wut,
aber für die Liebe hattest du wohl nicht genügend Mut.

Du läufst davon, anstatt mit mir zu reden,
meinst du, das ist der richtige Weg im Leben?
Ich bin genauso schuld, will's nicht bestreiten,
doch einfach wegzugehen, ich kann's nicht begreifen.

Ich vermiss dich so, kann's nicht ertragen,
will dich einfach nur bei mir haben.

Eine besondere Liebe

Siehst du, wie der Tag zu Ende geht?
Der Mond so hell am Himmel steht?
Ein kühler Windhauch mich berührt,
ob deine Seele wohl die meine spürt?

So viele Fragen stehen zwischen dir und mir,
kein Weg hinüber führt ins WIR.
Wie viele Tränen des Nachts aus Schmerz geweint,
auf eine besondere Art sind wir miteinander vereint.

Der Seelenliebe tiefes Verlangen,
führt uns doch immer wieder zusammen.
So seh ich dich nur aus der Ferne.

Eine Handvoll leuchtender Sterne schick ich dir,
damit du auch findest den Weg zu mir.
Das Feuer im Herzen wird ewig brennen,
das Band zwischen uns können wir nicht trennen.

In Gedanken sind wir uns so nah,
doch im wahren Leben bist du nicht für mich da.
Du willst … und dann doch wieder nicht,
am Ende dann noch das Herz daran zerbricht.

Leise rufe ich noch einmal nach dir,
meine Seele weint – ich verzeihe auch mir.
sage dir jetzt „Auf Wiedersehen" hier.

Die Magie des Augenblicks wird Erinnerung bleiben,
ein Teil von dir ist immer in mir,
und ist er auch noch so klein,
er wird nie vergessen sein.

Für M. E., in Liebe

Im Wir

Dein Weg zu mir ist genauso weit
wie mein Weg zu dir.
Lass uns endlich leben im Wir.

Zusammen gehen heißt auch einander verstehen,
heißt auch, die Bedürfnisse des anderen zu sehen.

Von Engelflügeln umgeben

Von Engelflügeln umgeben, wandle ich durch die Nacht,
welch einen Lichterzauber hast du vollbracht.

Deine Flügel auf meinen Schultern so sacht,
fühle mich geborgen, beschützt und bewacht.

Gehe den Weg auf den du mich führst,
sanft wie eine Feder mich berührst.

Welch ein Zauber in dir wohnt,
weiß, dass der Glaube an dich sich lohnt.

Engel

An deiner Seite ein stummer Begleiter,
in Zeiten der Trauer macht er dich heiter.
So glaubst du es auch nicht, es geht immer weiter.

Bist du verzweifelt, schenkt er dir neues Vertrauen,
kannst immer auf seine Hilfe bauen.

So rufst du ihn aus der Ferne,
tausend leuchtende Sterne
bereiten dir den Weg zum Licht.

Quält dich auch die Angst am Weiterleben,
wird er dir immer wieder neue Hoffnung geben.

Du Seele, der meinen so nah

Du Seele, lass mich erkennen deinen Schmerz,
hast dich verschlossen in deinem Herz.

Kannst nicht von neuem mehr vertrauen,
verloren die Chance, auf die Zukunft zu bauen.

Lässt mich nicht zu dir, ich kann's verstehen,
wollte einmal nur die Liebe sehen.

Habe gehofft und doch verloren,
vielleicht irgendwann – wenn wir wiedergeboren.

So sehe ich dich im Traum vor mir,
meine Hand reiche ich dir.

Du Seele, der meinen so nah,
die Sehnsucht in mir, als ich dich sah.

Lass dich jetzt gehen deiner Wege –
bist in meinem Herzen solange ich lebe.

Salamus

Erstrahlst in deinem wunderschönen Licht,
erhellst mir täglich meine Sicht.

Bringst mir Klarheit, Hoffnung und Vertrauen,
mit Stärke schaffe ich Neues aufzubauen.

Umhüllst mich mit deiner warmen Hand,
in dir habe ich das wahre Licht erkannt.

Träume am Meer

Ich sitze verträumt am Meer,
höre die Wellen rauschen,
befreit, so ein Gefühl, es ist wunderbar.
in meinen Träumen sehe ich die Zukunft so klar.

Die Sonne geht unter am Horizont,
ein Schimmer von Hoffnung, der immer wiederkommt.
Ja, die Sinne zu spüren auf besondere Weise,
Momente des Glücks gehen auf die Reise,
von Herz zu Herz ganz leise mit offenen Augen sehen,
was nur kann ein liebend Herz verstehen.

Gesät der Samen, der Glück verspricht,
nur das Herz allein versteht die einzigartige Sicht,
sind doch die Augen blind, diese Schönheit zu sehen,
hadert man aus Angst davor, im Leben weiterzugehen.

Doch hat man den Berg erst mal erklommen,
dann ist die Sicht auch nicht mehr verschwommen.
Deine Stärke ist, dem Leben zu vertrauen,
Stein für Stein das Glück zu erbauen.

Seelenvogel

Du Seele, wandle durch die Nacht,
zeig mir den Schöpfer, der uns bewacht.

Gib mir Flügel, um zu entschwinden,
lass mich alle Grenzen überwinden.

Gib mir den Antrieb über Brücken zu geh'n,
und lass mich viele ferne Länder seh'n.

Auf Wiedersehen

Wenn du mich suchst, du mich vermisst,
dann schließe deine Augen
und spüre die Strahlen der Sonne,
ich werde immer bei dir sein.

Wenn du es willst, dann wird meine Wärme
dein Herz umschließen.
Leise werde ich dir jetzt
„Auf Wiedersehen" sagen.

Danksagung

Zuerst möchte ich euch meinen Dank aussprechen, dass ihr mein Buch in den Händen haltet. Es bedeutet mir sehr viel.

*

Ein großes Dankeschön geht an meine Eltern, für ihre Liebe und Unterstützung in vielen stürmischen Zeiten meines Lebens.

*

Ich danke „dir", der großen Liebe meines Herzens, du hast meiner Seele eine nie gekannte Erfüllung geschenkt. Es hat unsagbar geschmerzt, als ich dich verlor. Aber ich weiß, es ist möglich, diese tiefe Liebe mit einem anderen Menschen noch einmal zu erleben.

*

Alex, ohne dich und deine Hilfe hätte ich dieses Buch nicht verwirklichen können. Ich danke dir von Herzen für deine langjährige Freundschaft.
Du hast alles Glück der Welt verdient, denn du bist ein wundervoller Mensch.

*

Silvia, du hast mein Potenzial erkannt, meine Talente gefördert und mich besondere Dinge sehen lassen. Dank dir habe ich eine andere Sichtweise gelernt und durch die Kraft der Meditation und der Innenschau inneren Frieden gefunden. Die Wärme und die Liebe, welche du den Menschen schenkst, sind außergewöhnlich, genau wie die Gabe, die du besitzt.

*

Mimi, auch dir sage ich von ganzem Herzen danke. „Ich komme kurz auf eine Tasse Tee zu dir", daraus wurden bei uns immer Stunden. Es ist schön, dass du da bist. Wir gleichen uns auf eine besondere Art und doch finden wir im anderen auch einen Gegenpol.

*

Allen Freunden, die ich nicht erwähnt habe, möchte ich sagen, dass auch ihr in meinem Herzen seid. Ein Teil eures Lebens zu sein, bedeutet mir sehr viel.